谷川俊太郎

空を読み
雲を歌い

北軽井沢・浅間高原詩篇

一九四九—二〇一八

正津勉 編

アーツアンドクラフツ

いのちを喜ぶ

感じているだけでよかった
落葉松がそこに立っているのを
目は若葉の色に溺れていたし
耳は風にくすぐられていたから

そして私もそこにいたのだ
木に寄り添って　風に吹かれて
この地上に生を受けた同志として
いのちを喜ぶものとして

言葉で飾ることはなかった
木を　雲を　山々を　ひとを
そんなに確かに存在するものたちを
黙って愛するだけでよかったのに

静けさが言葉を受胎し
朝の光に紛れて
詩が
生まれた

目次

巻頭写真◉北軽井沢・鷹繋山を背に（1937年8月頃）

装丁◉坂田政則
装画◉中村好至恵「岩菅山山頂から浅間山」
写真◉井上喜代司「めざせ百日回峰」より
絵葉書「浅間山の大噴火」
「湯沢温泉倶楽部」

空を読み　雲を歌い

北軽井沢・浅間高原詩篇一九四九―二〇一八

山荘だより　1

世界では
暗い雲が大量製産され
僕等は駈け続けなければならなかった

しかし
高原へ来て
僕の電波は減衰した
駈け続ける必要が最早どこにあったろうか
牧場のように若い地球と

僕ははるかな討論をした

高原へ来て
世界を欠席してしまった
しかし
日毎に暖くなる山山を
僕は皮膚呼吸している

（永遠についてという小さな論文を
ゆうすげやあざみの間に撒き散らしながら
今太陽が沈んでゆきます）

山荘だより　2

年頃は長調の風ととんぼ
夕暮は短調の噴煙
記憶は匂いにのってかえって来
神の精緻な記録と予言に
僕は思わず目を閉じた

刻まれた暗い歴史に
白樺の肌は深く
山と花との世界観に

僕はすべての濾過を願っている
みにくいのは結局誰か
小さいのは結局誰か
しかし
遠い山脈のような壮大な感傷の中で
僕はすべてを忘れる
すべてを……忘れる

山荘だより　3

からまつの変らない実直と
しらかばの若い思想と
浅間の美しいわがままと
そしてそれらすべての歌の中を
僕の感傷が跳ねてゆく
(その時突然の驟雨《しゅうう》だ)

なつかしい道は遠く牧場から雲へ続き
積乱雲は世界を内蔵している

（変らないものはなかった
そして
変ってしまったものもなかった）

去ってしまったシルエットにも
駈けてくる幼い友だちにも
遠い山の背景がある

堆積と褶曲の圧力のためだろうか
いつか時間は静かに空間と重なってしまい
僕は今新しい次元を海のように俯瞰している
（また輝き出した太陽に
僕はしたしい挨拶をした）

山荘だより　4

小さな高原電車だけが
浮世をのせてくる

吾亦紅《われもこう》から
共産党問題を
女郎花《おみなえし》から
女権拡張問題を
螢袋から
住宅問題を

連想しろとてそれは無理だ

朝の白根山や
たそがれの浅間山が
紹介するのは　宇宙なんだから

二伸（しかしアンテナは倒せない）

1　木陰

とまれ喜びが今日に住む
若い陽の心のままに
食卓や銃や
神さえも知らぬ間に

木陰が人の心を帰らせる
今日を抱くつつましさで
ただここへ
人の佇《たたず》むところへと

空を読み
雲を歌い
祈るばかりに喜びを呟く時

私が忘れ
私が限りなく憶えているものを
陽もみつめ　樹もみつめる

24　夢

ひとときすべてを明るい嘘のように
私は夢の中で目ざめていた
私は何の証しももたなかった
幸せの思い出の他に

ひとの不在の中にいて
今日　私はすべてを余りに信じすぎる
そうしてふとひそかな不安が私を責める
不幸せさえも自らに許した時に

樹の形　海の形　そして陽……
風景の中のひとを私は想う
そのままに心のようなその姿を

私はかつて目ざめすぎた
今日私は健やかに眠るだろう
夢の重さを証しするために

41

空の青さをみつめていると
私に帰るところがあるような気がする
だが雲を通ってきた明るさは
もはや空へは帰ってゆかない

陽は絶えず豪華に捨てている
夜になっても私達は拾うのに忙しい
人はすべていやしい生まれなので
樹のように豊かに休むことがない

窓があふれたものを切りとっている
私は宇宙以外の部屋を欲しない
そのため私は人と不和になる

在ることは空間や時間を傷つけることだ
そして痛みがむしろ私を責める
私が去ると私の健康が戻ってくるだろう

49

誰が知ろう
愛の中の私の死を
むしろ欲望をそのやさしさのままに育てよう
ふたたび世界の愛をうばうために

ひとをみつめる時に
生の姿が私を世界の中へ帰らせる
若い樹とひとの姿とが
時折私の中で同じものになる

心を名づけることもなしに
ひとの噤《つぐ》んだ口に触れて私の知ることを
大きな沈黙がさらってゆく

しかしその時私もその沈黙なのだ
そして私も樹のように
世界の愛をうばっている

62

世界が私を愛してくれるので
（むごい仕方でまた時に
やさしい仕方で）
私はいつまでも孤りでいられる

私に始めてひとりのひとが与えられた時にも
私はただ世界の物音ばかりを聴いていた
私には単純な悲しみと喜びだけが明らかだ
私はいつも世界のものだから

空に樹にひとに
私は自らを投げかける
やがて世界の豊かさそのものとなるために

……私はひとを呼ぶ
すると世界がふり向く
そして私がいなくなる

北軽井沢小学校　校歌

一
白樺の向こうに
浅間が煙を上げている
広い世界に　目を見開いて
学ぼう　今日も未来めざして
僕も私も　浅間っ子

二
唐松の林に

かっこうの声がこだまする
心のふるさと　北軽井沢
遊ぼう　今日も元気いっぱい
僕も私も　浅間っ子

三
青空のかなたに
白根が雪をかぶってる
北風なんかに　負けはしないぞ
働こう　今日も力合わせて
僕も私も　浅間っ子

［作曲］寺島尚彦

北軽井沢

生れた翌年から、夏になると北軽井沢大学村の小さな家に行く。北軽井沢と云っても、軽井沢とは関係が無い。軽井沢は長野県だが、北軽井沢は群馬県である。白根の鉱山から硫黄を積み出す軽便鉄道にゆられて、軽井沢から一時間半も北へ入るのである。

その草軽電鉄は、やたらにカーブが多く、私はすぐに酔ってしまう。北軽井沢の駅前には、幌《ほろ》を下ろした珍しいオープンのダッジか何かのタクシーが待っている。警笛もゴムのラッパではなく、甲高《かんだか》い電気のやつだ。大学村の中の道は、轍《わだち》がえぐれ、その真中には草が残っている。そういう道が私は大好きだった。

家は落葉松《からまつ》林の中にある。夕立が降ってくると、トタン葺《ぶ》きの屋根が鳴る。稀《まれ》な幸運で、浅間山の爆発を見ることがある。噴煙には他の何物にも喩《たと》えられぬ、独特の邪悪な材質感がある。唐傘をさして、火山礫《かざんれき》を避け、家に戻る。興奮は容易に去らない。

やんま

やんまにがした
ぐんまのとんま
さんまをやいて
あんまとたべた

まんまとにげた
ぐんまのやんま
たんまもいわず
あさまのかなた

信濃路之奇勝 淺間山の大爆發

高原

野苺の花の上の露のひとしずく
まん中に草の生えてる道は
霧の中へ消えてゆく
朝は峠をこえてやってきた
微風に頰をなぶらせ
いま　ぼくは生きている

子兎の耳のそばで虻がうなってる
ひとひらのパンの形の雲は

空の中へ溶けてゆく
昼は友だちを連れてやってきた
木もれ陽に靴をぬぎすて
いま　ぼくは生きている

見上げるとこわいくらい星がひしめいて
十年も昔はやった歌は
闇の中にこだまする
夜は思い出とともにやってきた
てのひらに酒をあたため
いま　ぼくは生きている

木もれ陽

誰にだって居心地のいい場所とわるい場所ってのはあって、居心地のいい場所ってのは単に肉体的に快よいだけじゃなくて、肉体的な快よさを通して精神もまたくつろぐことのできる場所なんだ。で、くつろぐことができると、人間の心はふだんは見落しているものまで見ることができる。

でも何かはっきりしたものが見えてくるわけじゃない。むしろふだん見えていて、大事だと考えているものが見えなくなるんだと言うほうが近いかもしれないな。もしかすると虚無というふうなものが、きわめて充実して見えてくるのかな。要するに気もちよくて、ぼんやりしてしまうってことさ。

木もれ陽の落ちている場所ってのは、ぼくにとってはそんな場所なんです。俳句の季語に木下闇ってのがあるけど、もう少し明るいのね、風も少し吹いていていて、見上げると若葉が陽に透けている。陽の光は単調じゃなく、木の葉のさやぎに砕かれて、ちらちらしている。その下にテーブルや椅子のあるのもいい。飲みもの（アルコール類に限らない）のあるのもいいね。

まさにミーハー的なポエジイで、清涼飲料のC・Mに使えそうだけど、そんな通俗性に何かとても奥深いものがあると思う。木もれ陽の下では昼寝してしまうのはもったいない、本を読むのも惜しい、そこにいるだけでいい。

六里ヶ原

群馬と長野の県境のあたりの浅間山麓一帯を、六里ヶ原と呼んでいて、そこは海抜千メートルを越える火山礫におおわれた高原だから、草木が少ない。浅間ブドウなんかの高山植物は生えているけれど、湿潤な日本ではちょっと珍しい乾いた風景なんだ。よく東映の時代劇なんかが、ロケーションに使っていた。

ぼくは子どものころから、夏になるとそのあたりに行っていて、その一種荒涼とした風景に何故か強く魅かれつづけてる。たとえばどんよりと雲の垂れこめた曇り日なんかに、そこから浅間山を見上げるのはひどく怖しい。晴れた日に遠くから眺めると、あんなにも優しく女性的な曲線を描く浅間山が、そんなときはまるで人が（山が？）変ったように、威圧的になる。自然のさまざまな相は、人間の感情の振幅などとはくらべものにならぬ、深い豊かさをもってるなあと思う。

浅間から六里ヶ原へと流れ出した溶岩流は、鬼の押出しと呼ばれる観光地になってる。今は入場料をとるけれど、ぼくの子どものころは只で、どこまでも入ってゆけた。海野十三のＳ・Ｆに、そこが火星人のかくれがになってるのがあって、それがちっとも不自然じゃなかった。人っ子ひとりいない鬼の押出しの奥で、屹立する岩に向かって子どものぼくは口笛を吹き、エコーを楽しんだ。鬼はべつに出てこなかったけれど、気配はあったよ。

もうひとりの人

――北軽井沢の野上弥生子さんに――

朝は一碗の薄茶
昼は一尾の焼魚
そんなわずかな食物が
衰えを知らぬ頭脳を支えている

落葉松林の中の赤いトタン屋根の家で
ダルマストーブは錆びて朽ち果て
いくたびか世代を交替したが
言葉はとりかえがきかない

本の頁の間にひそみ
黙って残酷なまでに
ひとつの魂のありかを
証言しつづける

螢袋の花の上の露
浅間の肩にひろがる茜
分厚い眼鏡ごしにとらえられる
この世の細部

だがとりわけ
どんな美しい自然によっても
慰められることのない人の業を

あなたは書きつづけてきた

杖をひく妖精はまた
生身の女
独居の鬼女はまた
一人の母

あなたの産み落した
三人の息子たちと
おびただしい言葉と
そして世界のひとつのイメージ

時がその内部にゆっくりと流れこみ
ひとつの深い淵をなしている

そこで歴史は
永遠と出会えるだろうか

窓際の古いテレビには
決してうつらないものを
あなたはひざかけ毛布の下で
孵そうとする

夏ごとに変らぬ時鳥の鳴声を聞き
私たちは同時代の苦味と甘さをわかちあう
とり返しのつかぬことが
くり返されるこの世で

そして黄金いろの落葉松の葉が

音もなく降りつもる秋の日
扉のカウベルを響かせておとずれる
もうひとりの人

その人のためにこそ
あなたはあなたの孤独をとっておく
その人のためにこそ
かつてあなたはこうしるしたのだ

「なんという静けさ
なんという寂しさ
なんという愉しさ……」
さながらいつまでも終らない歌のように

倉渕への道

倉渕への道は曲がりくねっている
北側には低い山が連なり
南側には川が流れているらしく水音がする

なだらかに山へと向かう野に時折小道が通じていて
灌木のあいだに点々と花が咲いている
遠くから見ると目立たぬ花々だが
近く寄って摘もうとすればみなこまやかに美しい

倉渕への道の途中で女と花を摘んで束ねた
知っている花の名は僅かだった
もろもろの観念の名は数多く知っているのに

六十年前に父が建てた小さな家に花をもち帰り
針金で繕ってある白磁の壺にいけた
死後にこの日のことを思い出せるといい
言葉をすべて忘れ果てたのちに

トタン屋根に降る雨

子どもだった頃から同じ音だ
落葉松の枝に散らされた雨のしずくが
不規則に屋根を打つ音はむしろ乾いていて
音楽とは似ても似つかないのが快い

凍りついた霜のような模様のガラス窓と
こてあとが残してある白い壁と
ゆがんでたてつけの悪い扉がこの家の特徴だ
毎年夥しい虫が家の中で死んでいる

もう子どもの泣き声や笑い声は聞こえない
人は年をとってだんだん静かになる
表面はどんなに賑やかでも

身近な死者が増えてきた
彼らにしてやれたことよりも
してやれなかったことのほうがずっと多い

夕立の前

椅子の上でからだを伸ばし犬みたいに夏の空気を嗅ぐと
今しがたぼくをあんなにうっとりさせたチェンバロの音色が
何かけしからん誘惑のようにも思えてくる
それというのもこの静けさのせいだ

静けさはいくつものかすかな命の響き合うところから聞こえる
虻の羽音　遠くのせせらぎ　草の葉を小さく揺らす風……

いくら耳をすませても沈黙を聞くことは出来ないが

静けさは聞こうと思わなくとも聞こえてくる
ぼくらを取り囲む濃密な大気を伝わって
沈黙は宇宙の無限の希薄に属していて
静けさはこの地球に根ざしている

だがぼくはそれを十分に聞いただろうか
この同じ椅子に座って女がぼくを責めたとき
鋭いその言葉の棘は地下でからみあう毛根につながり
声には死の沈黙へと消え去ることを拒む静けさがひそんでいた

はるか彼方の雲から地上へ稲光りが走り
しばらくしてゆっくりと長く雷鳴が尾をひいた
人間がこの世界に出現する以前から響いていた音を
私たちは今なお聞くことが出来る

峠を上りきると

峠を上りきると霧がはれた　とぼくは書き始める
数時間前に見たその光景をぼくはよく覚えているが
細部を書こうとすれば想像に頼らざるを得ないのは
その光景そのものよりもそのときの自分の気持ちのほうを
思い出したいと願っているからだろうか

だがその気持ちもまたおぼろげなものだ
単に峠を上りきると霧がはれたという言葉に魅せられたのだと
そう言うほうが正直であるような気がする

もしそうならぼくはいったい何が書きたいのか

ささやかな秩序とでも呼ぶべきものをぼくは求めていて
それは単純な言葉によってもたらされることが多いが
その言葉がぼくの感情を抑圧するのか解き放つのかよく分からない

峠を上りきると霧がはれた
道の両側の灌木の緑が濃くなった
こういう光景を何度も見た
だが霧がはれたことにも気づかずにいつも他のことに気をとられていた
ぼくの心はもう自然の比喩では語れそうにないのに
何故嘱目の光景を言葉でなぞりたくなるのか
無言でいることの心地よさを知りながらぼくは無言を怖れている

鷹繋山

からだの中を血液のように流れつづける言葉を行わけにしようとすると
言葉が身を固くするのが分かる
ぼくの心に触れられるのを言葉はいやがっているみたいだ

窓を開けると六十年来見慣れた山が見える
稜線に午後の陽があたっている
鷹繋という名をもっているがそれをタカツナギと呼ぼうと
ヨウケイザンと呼ぼうと山は身じろぎひとつしない

だが言葉のほうは居心地が悪そうだ
それはぼくがその山のことを何も知らないから
そこで霧にまかれたこともなくそこで蛇に噛まれたこともない
ただ眺めているだけで

憎んでいると思ったこともない代わりに
言葉を好きだと思ったこともない
恥ずかしさの余り総毛立つ言葉があるし
透き通って言葉であることを忘れさせる言葉がある
そしてまた考え抜かれた言葉がジェノサイドに終わることもある

ぼくらの見栄が言葉を化粧する
言葉の素顔を見たい
そのアルカイック・スマイルを

北軽井沢日録

小鳥たちは何故近づいてこないんだ
双眼鏡を片手に
もうずいぶん長い間ぼくは待ってる
やはり仲間はずれか
うたう歌が違うのか
そうなのさ
ぼくはいつの間にか

同じ歌を繰り返す退屈に我慢出来なくなった
ヒトという生きもの

結局ひとつ歌をうたっているに過ぎないのに
君たちの空から見れば

七月三十一日

そこにはベンチがひとつ置いてあった
木のベンチがひとつ
そのテラスに
誰も座っていないベンチ

何年も前にそこに座っていた男はもういない

朝霧のけむる中でラジオを聞いていた若い男
これから生きようとして
途方もなく広い世界を前にして
何ひとつ分からずに

苦しみはしたが彼は失望しなかった
悲しみもしたけれど

でも何が分かった？　とぼくは訊く
あの時聞いていた音楽がまだかすかに
夏の大気のうちに漂っている今

八月一日

老いさらばえて
洗いざらしのシーツにくるまって
追憶にふけっている彼が見える
その腹は赤ん坊のころに戻って
ぷっくり膨らみ
目は文字に愛想つかして
天井の木目をさまよい

きれぎれな幻
いくつかの親しい顔の
旅先で見た川岸の草むらの
忘れかけている名画の

窓から傾きかけた陽が射しこんで

そうそれだけはいつだって同じだった

八月一日

子どもたちが美しい
間近でまっすぐにぼくをみつめ
また遠くの斜面を駆け上がってゆく子どもたち

すっぱだかの子どもたち
糊でごわごわのよそゆきを着た子どもたち
池にさざなみが立っている
戦争はいつまでも終わらない

やがて彼らも老いるだろう

ひとりごとを呟きながら
だが今子どもたちは叫んでいる
叫びすぎたかすれ声で
丘の上から

ぼくにはもう理解出来ない言葉で

知ってるか
詩にはさまざまな書きっぷりがある
カーヴァーの書きっぷり
カヴァフィスの書きっぷり
シェークスピアの書きっぷり

八月一日

みなそれぞれに胸を打つ
ぼくは翻訳で読むだけだけれど
（ありがとう翻訳家の皆さん・名訳と誤訳の数々）

みんな死ぬまで自分の書きっぷりで書いた
書きっぷりはひとつの運命

だがぼくはいろんな書きっぷりに惑わされる
ひとつ　ふたつ　みっつ　よっつ……
そのどれもに夢中になり
そのどれもにやがて飽きてしまう
ドンファンみたいに

女に忠実

詩には不実？
だがもともと詩のほうが
人間に不実なものではなかったか

散文をバラにたとえるなら
詩はバラの香り
散文をゴミ捨場にたとえるなら
詩は悪臭

ぼくもいつかリルケみたいに
本物のバラの刺に指をさされて……

八月二日

死ぬかと思えば
あつかましくも生きのびる

八月三日

太陽は光の網を張りめぐらす巨大な蜘蛛
捕えられてぼくはもがく

その快さが詩だとしたら
ヒトの手では救えぬものにぼくは執着している

八月十一日

「おれの曲に拍手する奴らを機銃掃射で
ひとり残らずぶっ殺してやりたい」と酔っぱらって作曲家は言うのだ

彼の甘美な旋律の余韻のうちに息絶える幸せな聴衆は
決して彼を理解しないだろう

だがぼくには分かる
自分が生み出したものの無意味に耐えるために
暴力の幻に頼ろうとする彼の気持ちが

ぼくらが創造と破壊の区別のつかない時代に生きているということが

八月十四日

我慢するしかないと思う
気にいらないすべてを
だってそれはそこにあるのだから
大昔から
どんなに言葉でごまかそうとしても

だからと言って唐突な喜びが消え失せてしまうわけでもないさ
ヒトはいつだってはみ出して生きてきたんだ
観念からも思想からも
たぶん神からも

八月十五日

蛙が古池に飛びこんだからといって世界は変わらない
だが世界を変えるのがそんなに大事か

どんなに頑張ったって詩は新しくはならない
詩は歴史よりも古いんだ
もし新しく見えるときがあるとすれば
それは詩が世界は変わらないということを
繰り返しぼくらに納得させてくれるとき
そのつつましくも傲慢な語り口で

古今東西の詩集ばかりを集めた図書館に来て
ぼくはどうすればいいか分からない

八月十五日

戦争も恋も憎しみも根深い不安もあるのに
世界は全く違ったふうに見える
まるで天使の視線で下界を眺めているよう

いつ本物の散弾が飛んで来てぼくを撃ち落とすか
それぱっかりが気になって
自分もまた凶器を隠していることをすっかり忘れている

八月十九日

天井と壁の合わさる隅に蜘蛛の巣がはっていて
でもそれを取り去る必要はないとぼくは判断する
蜘蛛の巣が邪魔にならない家だから

つまりヒト以外のいのちと同居していて苦にならない家
そりゃあ蚊は叩くし蜂なら逃げるが
この家は昔ながらのそういう家で
ぼくは気にいっている

ぼくらの土地に育った言葉は
おしゃべりを忌む
さらりと言ってのけて知らんぷりして
言葉に言葉を重ねたりせず

九月四日

ほんとはいつでも無言を目指して
歴史なんてなかったかのように
いつでも白紙で今を始めて

言葉で捕まえようとすると
するりと逃げてしまうものがある
その逃げてしまうものこそ最高の獲物と信じて

この土地に育つ言葉は
この土地に
生まれたぼくらを困らせる

九月四日

もうひとつのオーガズムがまたもやぼくを襲う
木もれ陽がモーツァルトと乳繰り合い
廃屋が喃語を囁き
永遠が美しい化粧でぼくを欺く今

誰が仕掛けたともしれぬその罠に
ぼくは繰り返しはまりこむ
自ら進んで

幻だと知ってはいても
ぼくはそこから逃れられない
余りにも甘美なその罠から

むしろいつまでもそこに捕えられていたいと思うが

罠はどんなユーモアもなしにぼくを突き放す
ユーモアだけが救いの
ぼく本来のヒトの世へ

九月五日

このカヴァティーナを

このカヴァティーナを聴き続けたいと思う気持ちと
風の音を聞いていたいという気持ちがせめぎあっている

木々はトチやブナやクルミやニレで
終わりかけた夏の緑濃い葉の茂みが風にそよぎ
その白色雑音は何も告げずにぼくを愛撫する

そして楽器はヴァイオリンとヴィオラとチェロ
まるで奇跡のように人の愛憎を離れて

目では見ることの出来ない情景をぼくの心に出現させる

それらはともに束《つか》の間の幻に過ぎないだろう
執着することも許されぬほどのはかなさでぼくらを掠《かす》め
すぐにはるか彼方へと去ってしまう

だがぼくはあえてそれもまた現実の名で呼ぶ
かまびすしいお喋りを聞いている時も耳に残っていた静けさ
それは風や音楽なしでは生まれなかった

言葉が要らなくなって好きな女の顔を指でたどる時も
ぼくはきっと同じ現実のうちにいる
人間なしでは生まれなかった騒音に抱きしめられながらも

おやすみなさい　ナコちゃん

——寺島尚彦を送る

ナコちゃん
いまどんな背景の中に君を置けばいいのだろう
浅間が淡い煙を上げる高原の一本道を歩いてくる君
古風な客間でピアノに向かい音を手探りする君
舞台の上で娘をかたわらに照れながら自作を語る君
それとも風にうねるさとうきび畑にひとり立ちつくす君

初めて会った夏からいくつもの夏が過ぎ去って
ナコちゃん

君はぼくらがまだ行ったことのないどこかで
新しい夏を迎えようとしている
だが遠くて近いそこでも君は歌い続けていて
その歌はぼくらの許にまでとどく

君は音楽　ぼくは言葉
それらは魂と呼ばれる同じ一つの源から生れる
ナコちゃん
君の一生は長い途絶えることのない歌
ぼくもまたその一人であることがぼくの喜び

「日本語のおけいこ」をぼくは歌う
「とんびのピーヒョロロ」をぼくは歌う
これからのいくつもの夏を夢見る子どもたちの前で

ナコちゃん
いま君の背景はたぶん限りない宇宙
その真空にもきっと歌のエネルギーは満ちている

いつかぼくもまたそこで目覚めるだろう
太陽と月と星々がゆったりとめぐり続けるそこ
昨日と今日と明日が一瞬に重なり合うそこ
愛するものたちがいつまでも失われないそこで
ナコちゃん
おやすみなさい

夏が終る

褪《あ》せたようなうすい青空
とうすみとんぼが飛んでゆく
ききょう　かるかや　おみなえし
あざみ　ゆうすげ　われもこう

謎のようなひとの裏切り
白いよろい戸が閉じられる
あげは　くわがた　くまんばち
おけら　あしなが　きりぎりす

ひとりたどる夜の山道
どこへ帰るのかあてどない
いてざ　オリオン　かいおうせい
スピカ　こぐまざ　カシオペア

探す

——岸田今日子さんに

もう目に見えないから
手で触れることはできないから
もう声を聞けないから
あなたはいなくなってしまったと
そう考える人たちに逆らって
私はいまだにあなたを探している

長いディミニュエンドが
流れ星のように虚空に消え去って

残された闇に私は目をこらす
あなたの眼を輝かせた朝の光夜の光は
銀河系を超えて旅を続ける
無辺の故里に向かって

電子が記憶したあなたの声は
繰り返しこの星の大気を波立たせるが
あなたはもうそこにはいない
残された静けさに耳をすまして
私は演じられなかった傍白を聞く
低い笑い声を聞く

子どものころのかくれんぼの鬼に戻って
私はあなたを探す　探し続ける

思い出の雑木林のたそがれに
記憶の劇場の幕のうしろに
夢のフィルムの溶暗に
あなたの眠りに忍びこんで

北輕井澤風景

MI・YO・TA

木もれ陽《ひ》のきらめき　浴びて近づく
人影のかなたに　青い空がある

思い出がほほえみ　時を消しても
あの日々の歓び　もう帰ってはこない

残されたメロディ　ひとり歌えば
よみがえる語らい　今もあたたかい

忘れられないから　どんなことでも
いつまでも新しい　今日の陽のように
忘れられないから　どんなことでも
いつまでも新しい　今日の陽のように

［作曲］武満徹

なぜ　問いばかり

——岸田衿子さんを送る

見通しのいい一本道が始まる彼方の
雑木林からぽつんと人影が現れ
目を凝らしているとそれがだんだん
あなたの姿になってきた……

あなたはどこまで私に近づいたのか
あの夏の日から今日までの時は
ヒトの暦で計ることができない

草花の日々星の日々せせらぎの日々
そして詩の日々をあなたは生きて
いま私たちの魂の風景の中に立ちつくす

琴の音とチェンバロの音が谺して
世界はまだ限りない未知に満ちている
〈なぜ　花はいつも／こたえの形をしているのだろう
なぜ　問いばかり／天から　ふり注ぐのだろう〉*

＊岸田衿子詩集『忘れた秋』からの引用。

高原の孤独な少年

正津　勉

谷川俊太郎は、昭和六年十二月十五日、哲学者である父谷川徹三と音楽学校出身の母多喜子の一人っ子として生まれる。そしてなんとも「生まれた翌年から、夏になると北軽井沢大学村の小さな家に行く」（「北軽井沢」）というのである。これをみるにつけこの地との結び付きの深さがしのばれよう。

はじめに「北軽井沢大学村」について。これは昭和三年に法政大学松室致学長が、手持ちの地所を教授達に分譲した法政大学村に発している。ときに徹三氏は同大学で教鞭を執っており、この村に「小さな家」を建てた。さきの引用は「北軽井沢と云っても、軽井沢とは関係が無い」とつづく。どうしてか、それはここが地理的に軽井沢とはちがい浅間山北麓の高原地であるという、ことによる。でその名称も旧いはなし、大正十五・昭和元年、草津まで延びた草津軽便鉄道（草軽線）の北軽井沢駅、そんな昔に由来するとか。

俊太郎少年は、これよりのちずっと毎夏、カーブが多い草軽線に揺られてきて、当地ですごすことになる。カラマツ林の中のトタン葺き屋根の「小さな家」で。そしてそこがどれほど少年にとって素晴らしいところであったか。

「東京の杉並という田舎と都会の接点のようなところに、よそものとして住みついた私にとって、仮にもふるさとというような言葉で呼べるのは、北軽井沢しかなく、そこでの経験は私の感受性の形成のひとつの核になったと思っている」として語るのだ。「自然を通して宇宙へと心を開いていた若年の私には、北軽井沢はしかし、日本でも信州でもないひとつのアルカディアに近いところだったかもしれない」（「我がアルカディア」）。

手短なこの箇にして要をえた一節。これだけでもこの地が詩人誕生に大きくあずかった、ということを十分に理解されるだろう。俊太郎少年は、ここの「自然を通して宇宙へと心を開」きつづけて、やがて『二十億光年の孤独』を綴るにいたる。ついては本詩集所収の「山荘だより　1〜4」をみたい。

世界では
暗い雲が大量製産され
僕等は駈け続けねばならなかった

――「1」

のっけから、そのさきの朝鮮戦争から東西冷戦にさしかかる暗い時代の影が色濃く落ちているのが、みてとれる。それに対してこの「高原」でいかに挑むのか。ただひとり歯噛みし踏ん張る「僕」の味方はというと、「牧場のように若い地球」であり、「日毎に暖くなる山山」である。そして「ゆうすげやあざみ」である。ここにおいて俊太郎少年は「永遠についてという小さな論文」を鋭意準備しようとする。だがせちがらい世は少年を放ってはおかない。

吾亦《われも》紅《こう》から
共産党問題を
女郎花《おみなえし》から

女権拡張問題を
螢袋から
住宅問題を
連想しろとてそれは無理だ

――「4」

ここでもまた戦後の騒然たる政治、文化、社会やの問題が殺到しやまない。いやどんなものだろう、山草と世相用語の愉快千万な併置、このありようったら。しかるにここで朝夕に相対するのは、「白根山」や「浅間山」で、それらが「紹介するのは　宇宙なんだから」という。この強弁やよし。そうしてその終行の「二伸（しかしアンテナは倒せない）」の目配りもまたよし。

俊太郎少年は、いつもくるたびにこの地の現象を食べるようにもして、ちびたエンピツで詩の帳面を埋めていくのであった。なんというこの清新な把握ではあるだろう。

からまつの変らない実直と

しらかばの若い思想と
浅間の美しいわがままと
そしてそれらすべての歌の中を
僕の感傷が跳ねてゆく

――「3」

くわえて浮かぶのだ。そこには美しい自然だけでない、一人ぼっちで遊ぶほかない、孤独な少年に、学校などでは得られない、とっても仲良しの友がいたのだ。なんでも語りあえる。

それはこの集で呼ばれる懐かしい名の誰かれである。ちっちゃい頃からよく往きさした顔ではそうだ。詩人・童話作家岸田衿子、女優・声優岸田今日子姉妹であり、ナコちゃんこと、作詞家・作曲家寺島尚彦だろう。それにまた「杖をひく妖精」「独居の鬼女」よろしい作家野上弥生子さんもお達者でおいでだ。そうして大きくなって、大学村から遠くない御代田《みよた》に山荘を構える作曲家武満徹との、あたたかい交わりもある。ただしいまとなっては、それらみんなの顔はというともう、はかなくなっているが……。

北軽井沢・浅間高原。『二十億光年の孤独』以来、七十年、詩人は、ここにあって〈空を読み　雲を歌い〉つづけてきた。ひたすら光り輝く大地また生命、宇宙との交信の詩を綴ってきた。

■出典一覧

いのちを喜ぶ　書き下ろし

山荘だより1　『二十億光年の孤独』一九五二年六月、創元社

山荘だより2　『二十億光年の孤独』一九五二年六月、創元社

山荘だより3　『二十億光年の孤独』一九五二年六月、創元社

山荘だより4　『二十億光年の孤独』一九五二年六月、創元社

1　木陰　『62のソネット』一九五三年一二月、東京創元社

24　夢　『62のソネット』一九五三年一二月、東京創元社

41（空の青さをみつめていると）『62のソネット』一九五三年一二月、東京創元社

49（誰が知ろう）『62のソネット』一九五三年一二月、東京創元社

62（世界が私を愛してくれるので）『62のソネット』一九五三年一二月、東京創元社

北軽井沢小学校　校歌　一九六三年三月（作曲：寺島尚彦）

北軽井沢　「自伝風の断片」『現代詩文庫27　谷川俊太郎』一九六九年、思潮社

やんま　『ことばあそびうた』一九七三年一〇月、福音館書店

高原　『そのほかに』一九七九年一一月、集英社

木もれ陽　『ナンセンス・カタログ』一九八二年六月、大和書房

六里ヶ原　『ナンセンス・カタログ』一九八二年六月、大和書房
もうひとりの人―北軽井沢の野上弥生子さんに
『日々の地図』一九八二年一一月、集英社

倉渕への道　『世間知ラズ』一九九三年五月、思潮社
トタン屋根に降る雨　『世間知ラズ』一九九三年五月、思潮社
夕立の前　『世間知ラズ』一九九三年五月、思潮社
峠を上りきると　『世間知ラズ』一九九三年五月、思潮社
鷹繋山　『世間知ラズ』一九九三年五月、思潮社
北軽井沢日録　『世間知ラズ』一九九三年五月、思潮社
このカヴェティーナを　『モーツァルトを聴く人』一九九五年一月、小学館
おやすみなさい　ナコちゃん
『シャガールの木の葉』二〇〇五年、集英社

夏が終る　『谷川俊太郎　歌の本』二〇〇六年一一月、講談社
探す　『詩の本』二〇〇九年、集英社
MI・YO・TA　『武満徹ソングブック』二〇一一年八月
なぜ　問いばかり　『悼む詩』二〇一四年一一月、東洋出版

谷川俊太郎（たにかわ・しゅんたろう）
1931年、東京杉並生まれ。少年時より詩作をはじめる。毎夏、浅間山北麓の北軽井沢に滞在。当地において書かれた作品は52年、第一詩集『二十億光年の孤独』、53年『62のソネット』、93年『世間知ラズ』などに集録。以後も折につけ、この地に想を得た詩を刊行詩集に発表している。また『ナンセンス・カタログ』ほかに小品を収載。

空《そら》を読《よ》み　雲《くも》を歌《うた》い
北軽井沢・浅間高原詩篇1949-2018

2018年6月15日　第1版第1刷発行

著者◆谷川俊太郎《たにかわしゅんたろう》
編者◆正津《しょうづ》　勉《べん》
発行人◆小島　雄
発行所◆有限会社アーツアンドクラフツ
東京都千代田区神田神保町2-7-17
〒101-0051
TEL. 03-6272-5207　FAX. 03-6272-5208
http://www.webarts.co.jp/
印刷　シナノ書籍印刷株式会社

落丁・乱丁本はお取り替えいたします。
ISBN978-4-908028-29-8　C0092